KB181862

금강산에
살다
죽어도

금강산에
살다
죽어도

백두대간 시집 · 1

빗방울화석 시인들

2004

금강산에 살다 죽어도

백두대간 시집 · 1

초판 1쇄 발행   2004년 9월 15일

지은이 | 빗방울화석(조재형 외)
펴낸이 | 이정옥
　　　　서울시 서대문구 남가좌2동 370-40
　　　　전화 · 02-375-8571(代)
　　　　팩스 · 02-375-8573

인터넷 홈페이지 · http://www.pyungminsa.co.kr
이메일 주소 · pms1976@korea.com

등   록 | 제10-328호

ISBN   89-7115-422-5   03810

값   6,000원

시 앞에

바람 앞에 서면
우리의 숨결은
지리산에서 바이칼 물결소리까지

2004년 9월
빗방울화석 시인들

목차

백두대간 시집 · 1

2부 · 백두대간을 타고
— 지리산에서 바이칼까지

1부

금강산에
살다
죽어도

− 백두대간 금강산 시화전 특집

덕유송 (德裕頌)

김현격

덕유
한없이 기다려 주는 여유.

솔나리 예쁘게 입술 말아 올리며 웃고
긴 긴 능선 풀섶 사이로 줄지어 반기는
물레나물꽃, 모싯대, 동자꽃.
늠름한 꽃창포, 수수께끼 천남성,
달빛 같은 박새, 여로, 진보라 투구꽃.

무룡산 넓디넓은 비탈면에
노랗게 노랗게 춤추는
원추리!
사이 사이 비비추, 산오이풀꽃,
수십만 수백만 별같이 모여
쫓아다니는 바람 어깨 부비며 까르륵 까르륵 웃는
원추리 춤추리 원추리.

수삼 년 전,
새벽 네 시,
어둠과 빛이 은밀히 손 바꾸던 그 때

안개 끌어안고 곤히 자던 덕유를 보았다.
붉게 붉게 물들이며 해 떠오르자
온 산에 숨 죽이고 기다리던 날벌레들이
일제히 날개를 떨며 귀 멍멍하도록
해맞이 합창을 했다.

십 년 넘게 여름이면 찾아가
그대로 잘 있나
보러 다닌

여유
자유
덕유.

금강산에 살다 죽어도 외 2편

신대철

높이 오를수록 땅에 가까워지는
눈잣나무 햇가지 사이로
바위능선 굽이쳐간다.
고향이 후치령 어디라는
눈이 서글서글한 동갑내기들
세존봉 쇠난간에 기댄 채
산포대를 따라 삼수갑산으로
넘은 산 넘어가고 넘은 물 건너오다
영마루 앳된 잎갈잎에 가슴 에인다.

나는 벼랑 끝에 엎드려
구름 흐르는 대로
장전항에서 온정리로 들어온다,
풀 매는 할배와 이불 걷는 아낙과
뵈지 않을 때까지 흔드는
아이들의 웃는 손에 이끌려
군사분계선을 막 벗어나온다,
비로봉에서 지리산으로
백두대간 줄기차게 뻗어 내려간다.

오, 지리산에 살다 죽어도
백두산에 살다 죽는 한 핏줄이여

백두대간을 타고 2
– 구룡산 능선 길

층층이 삭정이 가지로 뒤엉킨 낙엽송 사이를 뒤엉켜 지나 도래기재에서 조그마한 산등을 타고 올라오는 능선 길에 이르자 눈만 적셔 주던 길 안 든 길은 푸른 빛에 홀린 푸른 그림자에 배어들어 야생화를 더 강렬하게 피운다.

혼자 걸어도
홀로 갈 수 없는 능선 길,

흰한 참나무 숲을 가르는
금강소나무 가지에 길을 걸어 두고
회오리봉에 잠시 누워
상봉에, 햇살 퍼지는 구름 저편에
상처 난 다리를 얹고 있으면
갈 데 없이 부는 바람에 실려
둥둥 떠오르다 한없이 무겁게 흔들리는 몸, 속으로

피아골에서 도장골에서 몸부림치며 스며들어와
  내 피 네 피를 달구어 섞는 뜨거운 대간의 숨, 숨결을 타고

홀로 걸어도
무리지어 가는 구룡산 능선 길.

온정리 가는 길

다소곳이 고개 숙인 금강초롱을 따라 구룡대에 올랐습니다. 이슬비는 벼랑으로 몰려가다 사라지고 계곡에는 상팔담이 담담이 떠오릅니다. 세 번째 옥담은 맑은 안개로 들여다봐야 보이네요. 안개 속에 잠긴 메아리 알갱이들이 물소리에 휘감겨 돌아나가는군요. 폭포를 울리는군요. 선녀와 나무꾼은 온정리로 내려갔군요. 아까 빗속에 서성일 때 옥류동 가리키던 처녀가 선녀였던가요? 축축한 속옷 갈아입으라고 몸으로 가려 주던 총각이 바로 나무꾼이었던가요? 아니면? 우리 모두 그 후손들인가요?

온정리로 가는 길은 상팔담을 돌고 돌아 구룡폭포를 타고 내려가는군요. 눈앞에 어른거리는 금강초롱이 속삭이는군요. 딴길 찾지 말고 그 길 따라 내려가라는군요, 외길이라고

망장천, 마시면 지팡이를 버린다는

김택근

온정리쯤에다 아침을 부리고
만상정에다 가을을 벗어놓고
볼수록 귀기가 빠져나가는 귀면암을 지나
만물상 앞에서 만물을 불렀다

불려나올 때마다 표정을 바꾸는
인간이 이름 짓고 버린 것들
저희끼리 포효하고 달리다가
인간이 쳐다보면 굳어버리는, 저 침묵

만물상을 지나와
망장천에 올라 샘물을 마시니
만물이 고함을 지른다
(그대, 지팡이를 버려라)

천선대까지 온갖 형상이 따라왔지만
나는 없었다

빙폭 앞에서

황영숙

물줄기의 낙하
거슬러 오르는 폭음
부서져 튀는 물방울의 빛
형상과 소리와 빛이
결 속에 더 깊은 결을 파고들며
한 치의 틈도 없이 부둥켜안고
드디어 완전한 결빙에 이르렀다

등 뒤에서 발자국 잊혀지고
어제 한계령 밤바람에 쓸리던 마음 한 자락
빙벽으로 달려가 부딪쳐 미끄러지고
다시 부딪쳐 미끄러져 뒹구는 동안
구름은 멈췄다 다시 흐르고
소나무 가지 흔들리다 제 자리로 돌아갔다
시간의 극점을 지나
결빙 풀리며 조금씩 녹고 있었다
내게로 흘러들고 있었다

눈길 거두지 않았는데도
본 것은 본 것이 아닌 듯 아득하더니

하늘 끝이 떨어지며 내 정수리를 울리고

청빙으로 부서져 새로 빛나고 있었다
설악의 골짜기 더욱 깊어지고 있었다

옥류동

김일영

운무 가득한 계곡
담(潭)과 담을 붙들고 있는 물줄기
투명하다
아내가 이쁘냐고 묻는 북녀(北女)의 눈빛처럼
담마다 옥빛이 고여 있다
얼마나 고여야
말하지 못한 속내 섞일 수 있을까
구름이 산을 빠져 나가고
벌레 갉힌 이파리의 생애가 담긴 담 속
소용돌이가 이는구나
들끓는 잎사귀들과
그대와 내가 함께 흐르는
옥류동

세존봉, 사람들 속으로

신경옥

동석동 계곡에서
숨 한 번 크게 몰아쉬고
바위능선 넘고 넘어 녹슨 철계단 오를 때
솟구쳐 흐르는 핏줄 같은 단풍
그대 향해 쏟아져 내려요
층층으로 된 바위 벽 타고 내려
머뭇거리다 수십 길 수백 길
솟아오른 구름 천화대에 머물자
금강산 떠돌던 바람도 잠시 멈춰 서서
제 그림자에 얼굴을 묻고
몸 낮추어 바라보는데
세존봉, 사람들 속으로 들어오네요
빛이 닿지 않아도 빛을 내는 나뭇잎 속에서
오래 전에 예정된 것처럼

고직령(高直嶺)

김홍탁

강원 경북 넘나드는 길이라곤
산허리 꼬불꼬불 기어오르는 고개뿐.
곳곳에 십승지 감춰 둔
마을 속 마을에
하늘벽처럼 솟아 있는
고직령.

오전 약수에서 목 한번 축인 후
하금정으로 난 길을 버리고
애당으로 흘러들어 시오리,
느닷없는 바람 한 줄기 산 하나를 열어 놓는다.
변변한 길 하나 없이
걸으면 길이 되는 산 전체가 길인 산,
깊숙이 패인 계곡 흐르다 만 물길 흔적 따라
간신히 오르는 발길마다 밟히는
모서리 반질반질해진 돌들,
그 위에 닳아 있는 체온은 누구 것인가?

남의 눈 피해

주린 배 허겁지겁 채우고
북으로 난 백두대간 줄기 잡기 위해
가시나무 잡목숲 오르며 갈갈이 찢기는 가쁜 숨,
가족도 이름도 아주 버리고
이념에 붉게 충혈된 눈, 눈들의
불안한 시선을 따라
고개는 한 번 더 가팔라진다.

구룡산으로 난 능선길 살짝 비켜 돌아
마주친 산신각.
퍼지는 향내음 따라
잦아드는 숨결,
산도 높이를 버린다.
땀에 젖은 옷섶 풀어 헤치고
천근 만근 버거운 마음도 벗어 놓고
향불에 무슨 염원을 실었을까?
점점 더 선명히 떠오르는 얼굴들,
이름을 불러 보았을까?
획 긋는 별똥별처럼 확 타오르고 싶었을까?

깊은 산그늘에 아그배가 툭 떨어진다.
태백산 고운 능선이 파르르 떨고 있다.

실폭 가는 길 외 1편
- 빙폭 1

손필영

겨울나무 사이를 걸어
냇가에 닿았습니다

날지 않고 징검다리로 건너가는 박새들
날지 않고 징검다리로 건너가는 잎새들

나는 네 발로 걸어서 물 건너고
두 발로 섰습니다, 그 순간
내 몸 속으로 원시인이 숨어 버립니다
이 아침 어딜 가시죠?
실폭 찾아갑니다
처음 듣는 사냥감이군요, 굴에 있나요?
절벽에 있습니다, 같이 가시죠

두발로 기며 가는 길
맑은 햇살이 얼음 위에 네발 그림자를 드리운다

태백산으로

─ 백두대간 3

새소리에 빛이 흐르는군요. 각진 돌 각지게 검은 돌 검게 밟고 가는 새벽, 돌길을 걸을수록 발바닥이 환해집니다. 낙엽송 사잇길로 접어들면 허리까지 차 오르는 산기운, 오늘은 이상하게도 내가 지나온 발자국이 다시 앞에 놓입니다. 지나온 발자국에 새로 발자국을 찍을 때 새소리도 중창으로 들립니다. 나뭇잎은 어린 가지에 달려 연초록 빛을 흔들고, 석회암 암반 밑을 흐르는 물줄기를 찾아 능선을 넘어가는 마른 물소리. 주목 군락지에 들어서자 찬바람이 부는군요. 제 속을 비워 껍질을 만들어 그 껍질로 버티는 주목 때문일까요, 속도 껍질도 없는 저 때문일까요. 다람쥐가 드나드는 주목 속으로 들어가 앉으니 훈훈하군요. 서두르지 말라고 하는군요. 이 지상에서 오래 살면 인간도 식물도 모두 성을 벗어나는 것일까요. 산이 성큼 다가와 있군요.

봉우리는 산자락을 거느리고 함백산으로 올라가 있고 밋밋한 능선엔 앉은뱅이 철쭉 천지. 산봉우리를 향해 가려면 온 길을 다시 내려가야 하고 꽃봉오리를 향해 가려면 기다려야 하는군요. 자, 기다리면서 내려갈까요, 태백산으로.

빙폭 2 외 1편
– 그대에게 가는 길

조재형

화채능 넘어온 눈보라 내리지르고
토왕골에서 몰아쳐 오는 눈보라 휘몰아쳐 올리는
토왕성빙폭

그대는 내 앞에 휘도는 두려움을
하나의 줄로 묶어놓고
나를 앞서 빙폭을 오른다
끊어진 빙폭을 이어 오르고
오버행*을 넘어서
눈보라 속 보이지 않는 그대
풀려나가는 줄을 타고
손끝에서 온 몸으로 떨려오는
그대의 거친 숨소리 따라
나도 오르고

그대 거친 숨 몰아쉰 자리마다
스나그** 박혀 있고
스나그 빼낼 때마다
스나그 박는 소리
쩡쩡 울려오고 울려오는

빙폭

빙폭을 올라서도
나는 끝없이 그대에게 가고 있다

* 빙폭의 경사가 수직 이상의 꼴로 되어 일부가 튀어나와서 머리 위를 덮고 있는
  듯한 빙폭 형태.
** 빙폭 장비 중의 하나, 빙폭 중간 중간에 설치하는 인공 확보물.

비봉을 타다

연주담은 얼어도 옥빛이다
봉황이 연주담에서 날아올라
세존봉을 넘는 듯
비봉빙폭은 날개를 펼치고 있다

남쪽 북쪽 사람들 시선
비봉빙폭으로 모아질 때
무겁게 끌고 온 선, 선, 선
능선으로 물러나고
비봉의 날개가
우리를 하나로 보듬고 있다

빙폭을 찍을 때마다
그대들의 뜨거운 눈빛
앞서 가고 있다

무지개담

윤석영

옥류동 계곡으로
사람들이 무리지어 흘러든다
물소리에 귀가 먼저 젖는다
금강문을 벗어버리자
비봉, 무봉의 날개가 부서져
은사류에 옥빛으로 고인다

옥류담, 연주담 지나
푸른 하늘 틈에 끼여 있는
삼백칠십 개의 계단을 오르면
상팔담에 젖어드는 남남북녀

아이를 사이에 두고
구룡대 벼랑과 벼랑 사이
황홀하게, 무지개를 이루고 있다

흐르는 산

- 내린천에서

이성일

물 위로
흐르는 산,
산 속으로
다시 흐르는
구름 몇 점

흐르다 고이면
얕은 물도 깊어진다
깊어질수록 선명하게
가라앉는 나무와
나무 사이의 길을 끌고
물 밖으로 걸어 나와
알몸 태우는, 타면서
제 몸의 형상을 다
빚어낼 때까지 단목령
길을 감고 뒹구는
소년의 맑은 피가 초록빛

물이 되어
흐르는 산,

속으로 다시 흐르는
구름 몇 점

상팔담

윤혜경

목란다리 지나 금강문
출렁다리 건너 구룡폭포

그대 환한 미소가 분계선을 넘나들어 금강인 듯 설악
인 듯 오르는 하늘 한 자락. 상팔담이 옥빛으로 고여 있
다. 고였다 흐르고 흐르다 고이며, 태초로 바람을 몰고
있다.

전설처럼 선녀와 나무꾼이 왔다가고
금강초롱 따라 아이가 뛰어다니고
선한 사람들 옥빛으로 젖어든다

그대와 나 한 핏줄로 물들이는 상팔담
아이의 눈 속에서 굽이치고 있다

소백산 꽃

최수현

물소리로 열리는 산
짙은 녹색 바람 불어온다
새벽 안개를 몰아가는 연한 향기,
시린 눈빛 먼저 산을 오른다

봄볕은 산그늘 줄이며 타오르다 멈추고
하, 능선 따라 일렁이는 초원
바람 따라 흔들리는 노란 풀꽃들

사이 사이 누워
꽃처럼 꿈꾸는 얼굴들 안고
초원은 대간으로 대간으로 번져간다

금강산 앞에서

김은영

뒷산, 앞산, 달릴 대로 달려봐도 산, 산, 산
눈 흰하게 들판에서 살고 싶었어요
해 뜨는 지평선을 가슴에 담고 자랄수록
아버지는 산을 넘고 계시더군요, 컴컴한 새벽에도
홀로 눈발 맞으며 금강산 돌아가고 계셨는지?
산, 산, 굽이굽이
젖은 아버지를 좇아 오릅니다

넘을 산엔
금강내기 차고 뜨겁게 불어옵니다

삼일포

이승규

그대와 호숫가를 거닐다
팔랑대는 붉은 잎 사이 눈길 마주치면
그대는 의아하게 바라보고
나는 머뭇대기만 하네

숲그늘을 걸어오는 바람보다 나지막하게
고향이 남쪽 어디냐고 묻는 그대 목소리에
물결이 동해 향해 서서히 흔들리다
흔들리다 그대에게 가 닿네

호수를 빙 돌아
다시 반쪽 그림자 겹쳐지면
나는 그대 발치 타오르는 물결로 일렁거리고
그대는 시원하게 동해 바람 불러오네
물결 잠재우고 짙푸르러오는 호숫빛
눈빛만 새겨두고 사라지네

한 그루 山

박성훈

부소봉 아래 늙은 주목
파인 속 내놓고 서 있네
다가서자 나를 감싸 안는 나무,
잠시 그 속이 되어보네

눈 내리고 꽃 피고
다시 잎 지는 동안
깊어지는 나무,
속이 겉이 되고 겉이 속이 되어
山을 끌어안는 나무,
흐르는 대간 속에서
흐르는 대간을 품어
찬바람 눈 속에도
푸른 잎 틔우는 나무,

나 잠시 그 바깥 되어
한 그루 山을 보네

향로봉

임석재

구름 아래 바람,

구름 위에 바람,

마사토 비포장도로에 흙먼지가 날리는 고지 위로, 밤
새 새떼가 넘지 못한 능선을 끌고 와 내려놓는다, 경고
판이 가리킨 땅에 묶인 풀꽃들은 수평선과 함께 출렁거
린다, 새하얀 운해의 아침, 떠오르는 해 주위에 흩어진
능선들이 멀리 봉우리를 피우고, 감춰진 산줄기, 뭉쳤던
한겨울 솜옷을 벗어 던진 맨몸으로 흐르고 싶다,

일렁이는 왜솜다리 물결 곰치 나물 물결로

세석평전

이석철

낮을수록 높고
높을수록 낮은 산
지리산,
제 것을 비워 산을 열고
체온 없인 산이 되지 않는 산

산행에 지친 몸을 세워
가쁜 숨 멈추고, 잠시
세석에 엎드려 눈 감는다

대성골로 도장골로
흘어 내린 발소리들은
등지고 온 노래도 기억도 모두 태워
허연 연기로 능선 따라 넘실대고

세석에는
햇볕에 그을린 붉은 철쭉
훅, 피었다 진다
훅, 피었다 진다

구룡빙폭을 오르며

장윤서

떨어져나간 얼음덩이, 그 속으로
희미하게 흐르던 물줄기
물빛에 젖어들 사이도 없이
낙빙을 외치며 내려다본 빙폭 밑에는
북쪽 사람과 남쪽 사람
서로를 걱정하며 낙빙, 낙빙을 외쳐댑니다

물줄기
그대들에게 흐르고
구룡빙폭을 환하게 밝혀줍니다

구룡빙폭 오르고 오를수록
우리들 언 가슴에서 떨어져나가던 낙빙,
함께 외쳐대는 그대들의 낙빙!
구룡빙폭을 치솟아
햇살로 내려옵니다

2부

백두대간을
타고

– 지리산에서 바이칼까지

동해북부선
북측 공사장을 지나며 외 2편

황영숙

임시남북출입국관리소 지나
남방한계선 비무장지대 군사분계선 북방한계선
날씨 맑은 시월 초입인데
가슴 먹먹해 시야 흐릿합니다

금강산 관광 임시도로를 가는 저속의 버스
평행선 저쪽 둔덕 위 그대들
오래 잊혀진 녹슨 길을 새로 트고 있군요
손을 조금 들어 흔들 것만 같은 그대들
분계선 표지판도 철조망도 감호에 비친 낙타봉도
마구 오버랩 되어 어지럽군요
그대 먼 길 달려오려 철로를 놓고 있군요

금강산을 찾아
내 마음 겹겹이 헤치며 갑니다
그대들도 침목을 놓아
오래 잊혀져 굳어진 땅을 헤치며 오고 있군요

그리운 이에게 가는 길을 나는
처음만 같이 겪습니다

내 가는 길
그대들에게도 보이나요

세존봉에서

어제 남북 분계선 넘어와 금강산에서 만난 낯선 그
대들
머뭇머뭇 말문 터 눈빛 맞추다가 그윽해져
하, 고개 젖혀 봉우리 봉우리 건너갑니다
가을 단풍, 감추었던 동석동 산길 문득 내어 놓고
지나온 길 더 짙게 물들이며 안아들이고 있습니다
앞서가는 그대들 등 뒤에서
나는 끝내 말문 트이지 않아 발소리 죽이고
가파른 벼랑에 기댄 철계단 밟아 세존봉을 오릅니다
비로봉, 옥녀봉, 월출봉, 장군봉
가슴 복판에 부딪치는 바람, 머리결을 흐트는 바람
그대들 온몸으로 바람 맞으며 서 있는 자리를 좁히는
군요
넓은 어깨, 서로 닿고 있군요
봉우리들 능선을 좁히고 있군요
묻는 말, 대답하는 말
음성 높아져 그 봉우리들 눈에 환히 들어옵니다
기우뚱 몸 흔들리다 웃음 터지고
그대들, 내 곁에 나란히 서서 온정리 마을 그 어름
손끝으로 가리킬 때

단풍 속으로 안긴 길
세존봉에서 다시 시작되고 있군요

만물상 가는 길

굽이굽이 온정령을 버스로 넘는다
온몸 내맡겨 외로 돌고 바로 돌아
한 굽이 넘는다, 넘긴다
만상정 지나 삼선암, 습경대, 귀면암
내가 금강산 간다고 한 이후
꿈 많아진 어머니
그 어지러운 꿈자리 옆에 세워두고 싶은 귀면암
바람 몹시 불어
금강 속으로 들어가는 마음 펄럭인다
이름 너머 봉우리 봉우리
전설 너머 벼랑 벼랑
바람 거세질수록 바위들 굳건하다
'이제 궂은일은 다 잊어 버려요, 어머니'
안심대에 서서 만물상 바라본다
물상을 이룬 바위들 날 본다, 마주 본다
'제 등 뒤에 서서 보고 계신가요, 어머니도?'

망장천 숨어버린 샘물
가파른 암벽 틈새 천계로 가는 하늘문
선녀 내려와 놀았다는 천선대

눈앞에 두고
그냥 눈앞에 두고 서서

싸리꽃 외 2편

최수현

어디로 들어가는 줄도 모르고 졸다가
멈춘 차 밖으로 나가니
깊은 산 속 아침갈이
내 눈엔 흰 구름 아래 집 한 채,
그러나 사람들이 떠나간 집
내 눈엔 마른 풀들 반짝이는 빈 터,
그러나 놀리고 있는 땅
예전엔 농부가 아침나절 갈던 밭

(대간길에 점점 돈을새김되는 진짜 아침갈이)

폐교로 향하는 길가,
싸리꽃 눈부신 흰 빛이 따갑다.

비무장지대를 넘어

- 북쪽의 당신에게 1

돌아와서도 몇 번이고 다시 넘게 됩니다. 금강산 관광 버스에서처럼 지금 몸은 뻣뻣하게 굳고, 눈 커지고, 까슬까슬한 숨 죽이고 철책을 지납니다. 당신도 똑같은 악몽을 꾸었나요? 어린 날의 컴컴한 밤, 적국의 군복을 입은 늑대들에게 쫓기는 꿈. 꿈도 철책을 넘진 못했습니다. 낮에도 밤에도 금지된 땅은 서서히 잊혀졌습니다. 이제 그 철책을 넘어, 당신이 살아온 땅으로 들어갑니다. 흙먼지 속에 열리는 북방한계선, 저 황량한 너른 벌판에 마음 송두리째 뺏긴 채, 다시 당신을 만나러 갑니다. 밀물처럼 밀려드는 기쁨으로 비무장지대를 넘어.

만남
– 북쪽의 당신에게 2

　바위 여기저기 부딪혀 울리는 만물의 이름만 슬쩍 듣고 내려온 길, 당신이 서 있었습니다. 수줍은 미소 사이, 눈길을 피하는 고갯짓 사이, 동명이인, 당신의 눈동자에서 발원한 투명한 담 반짝입니다. 당신을 모른 채 살아왔지만 닮은 웃음, 닮은 여자아이, 닮은 아픔이 보입니다. 닮아 있을 우리의 미래도 담 위를 빠르게 스쳐 갑니다. 구름 그림자처럼. 침묵으로 주고받는 우리의 이야기 사이, 한 사람, 만물의 고통을 걷어낸 환한 얼굴로 걸어 들어옵니다. 강렬한 눈빛 쏟아지고, 나도 당신도 그 빛에 이끌려 고개를 돌리지 못합니다. 우린 다시 마주 섭니다. 들리지요? 저 목소리, 낮게 만물상 아래를 울리는 저 목소리. 가서 꼭 안아보라고, 한 핏줄로 피도는 상(像)을 만들라고.

고려엉겅퀴 외 1편

조재형

소금장수 서림에서 넘어오고
화전민 양양장으로 넘어가던
조침령 옛길 찾아
바람불이로 불려갑니다

기운 주막 고쳐 세우고
기어드는 고려엉겅퀴 손님 삼아
함께 가을볕을 쪼이는 할아버지
여기가 조침령 옛길이라며
주막을 돌아서 조릿대 사이로
길을 열어 놓으십니다

영마루를 가리키는 할아버지 손가락 끝에
조침령이 걸려 있습니다
그 길 받아 서림으로 가는 길
잡목 숲으로 사라지고
대간으로 길을 바꾸는 사이
사방에서 흔들리는 고려엉겅퀴
바람 맞을수록 가시를 솜털로 바꾸고
연자주빛 꽃송이를 불쑥 내밉니다

조침령 옛길 같은
옛길에서 들려오는 할아버지 음성 같은

어딜 가도 절벽이네

사람 흔적만 봐도
흔들리는 대간 길
신선봉을 내려와
무너진 성황당 돌더미에 이르면
새이령
누군들 그냥 스쳐 지나갔으랴
갈 길 내려놓고
갈 데 없이 떠도는 혼을 달래며
새이령을 넘나들었으리

영은 마장터로 내려가고
바람은 능선으로 몰려가네
암능을 타고 너덜지대에서 휘청거리다
병풍바위 지나 마산*

봉우리는
참호와 벙커에 둘러싸여 있고
향로봉 넘어
금강산 비로봉이 솟구쳐 올라올수록
대간 길 절벽으로 떨어지네

흘리로 흘러들어도 절벽
진부령으로 흘러내려도 절벽
군사분계선을 끼고 사는 우리
어딜 가도 절벽이네

* 민간인이 갈 수 있는 남쪽 백두대간 마지막 산봉우리.

백두산 넘어 외 5편

장윤서

하늘가에 흐르는 길고 긴 능선은
천지를 돌고 돌아 만주벌로 몰려가고
바람 따라 출렁이는 백두산 천지
가을 하늘 담아 대간으로 굽이친다

안개도 다다르기 힘겨운 백두산에
대를 이어 넘나들던 우리네 사람들은
백두산 찾아가던 힘찬 발돋움을
광활한 만주벌까지 풀어놨지만
찻길로 올라가는 천문봉*에선
갈 수 있는 우리 땅이 너무나 멀다

이제는 대간길로 가고 싶다
만주벌판 끝도 없이 밀려왔던 기운들이
장군봉에 스며 올라 지리산까지 뻗어 내린 길
향로봉을 넘지 못한
길 잃은 사람들의 눈길들이
능선마다 맺혀 있는 백두산

백두산 넘어가는 대간 바람

눈길을 끌어안고
만주벌판 첫 햇살로
뜨겁게 퍼져간다

* 중국쪽 백두산 봉우리 중 하나.

송진을 묻히고

돌아갈 길 하나 없는
용아장성능 직벽
앞서 내려간 당신은
발밑으로 숫구친 낭떠러지도 잊은 채
떨어질지도 모를 나를 위해
바위를 잡고 딛는 내 손발 자리마다
고스란히 당신을 놓아둡니다

한 사람을 받치기 위해, 당신은
얼마나 높은 직벽과 마주한 자신을
기꺼이 내던졌을까요

송진향 맡으면 힘이 솟는다며
내 코끝에도 송진을 묻혀주던 당신
암능에 드리우는 어둠을 헤쳐가며
저만치 앞서가는 당신에게서
끈끈한 송진 냄새가 밀려옵니다

백두대간 향해 가는 설레는 발걸음들
가파른 절벽에도 새소리 편안하고

저 멀리 공룡능선에서도
향기가 밀려옵니다

두타산

산이 깎인다
산 이름이 무너지고 마을이 지워진다
올라오는 마늘싹을 달래며
대간 가는 길을 알려주시던
삼화동 할아버지의 허리가 더 구부러진다
대간으로 통하는 길들이
석회석을 옮기는 트럭에 실려
먼지 풍기며 뿔뿔이 사라지는 두타산

봄햇살은 한창
댓재를 거쳐온 사람들을 정상으로 끌어올리고
새파란 순들을 잔설 위에 점점이 뿌려놓는데

채석장 발파소리
생강나무 향내를 집어삼키며
두타산에 쾅, 쾅
부딪친다
대간길
끊겼다, 이어진다, 끊겼다,
흔들리고 흔들린다

도토리나무
싹들을 아슬아슬하게 대간에 걸쳐둔다

대간을 걸을수록

지리산 천왕봉 떠나 십칠 일째
산 아래 당신을 채웠던 사람들의 웅성거림을
턱턱 막히는 숨 끝끝으로
하나둘 흘려보냈을 텐데
비 오는 문장대에서 만난 우리에게
몇 번이고 손 내밀며 물기를 말려주던 당신

발버둥 쳐봐도 자꾸만 쓰러지던 삶은
쉰 넘은 가장의 자리를 흔들어대고
피할 곳 하나 없는 일상 속에서
불쑥, 대간길이 솟았다는데

산냄새에 마냥 행복한 사람들과
발걸음으로 귓속말을 주고받던 사람에게는
포기하고픈 삶의 낭떠러지로
백두대간이 이어져 있습니다

사람의 온기가 멀어질수록 추워집니다
우리는 천황봉 지나 다 피지 않은 함박꽃을 쳐다보며
당신은 끊임없이 흔들리는 당신과의 선잠 속에서

산 아래 누구를 불러올까요

백두대간 걸으면 걸을수록
산 아래 가족들에게 내려갑니다
물 한 모금 나눠 마실 한 사람이 그립습니다

천왕봉 사람들

흙내음 풍기는 이
수평선을 안고 사는 이
동네 변두리에 있거나
바람 불면 여기저기 떠도는 이
우리나라 그 어디에서 온 이건
고향도 성별도 핏줄도 같아지는 천왕봉

눈보라에 삼켜진 일출
대간길 하얗게 가려져도
모여있는 사람들 대간쪽 가리키며
가슴 지나 언 입 타고
생생하게 넘어오는 대간길
빈 들녘 깊어지는 고요 속에서
수평선에 번져가는 노을
서울거리 꽉 막힌 차 안에서
언뜻언뜻 대간길 굽이칠 때면
새벽 건너 천왕봉 찾아오는 사람들

새 사람을 기다리며
또다시 불어오는 눈보라

뀀점*

연변 삼꽃거리 도서관에서
백두대간, 책으로만 밟아보다
기찻길로 뱃길로 몇 며칠을 흔들리다
한반도, 여명의 지리산을 꿈꾸듯 찾아온 당신.
비의 노고단에서 강풍의 천왕봉까지
중국인에서 한민족으로 바뀌어진 숨결을
눈보라를 헤치며 뻗어가는 대간줄기에 뿌리고 온 그 날
가리봉동 정대반점 늦은 뒤풀이가 열렸습니다.

신의주 보따리 장사며
백두산 서파 북파** 얘기는
연변의 억센 억양 속에 일렁이며
조심스레 사람 사이를 넘나드는데,
열 꼬치를 한 손에 움켜쥐고
능숙하게 숯불 위에 구워대는 당신이
문득, 낯설어집니다.
즈란***을 뿌려먹는 당신
고추장만 찍어먹는 나
'건배' 아닌 '칸페이'를 외치며
중국노래를 흥겹게 불러대는

화장을 짙게 한 조선족 여성들 곁에서
언젠가 백두대간 한 줄기에서
함께 만나자고 웃어봐도
꿰점 연기는 자욱해져
맞은 편 당신이 희미해져만 갑니다.
마른기침만 답답하게
연기 속을 헤맵니다.

* 양고기 꼬치구이. 조선족 동포들이 꿰점이라 부른다.
** 백두산을 올라가는 등산로 명칭.
*** 코스모스 씨앗과 같이 생긴 식품. 독특한 향내를 풍긴다.

진달래 피어 외 2편
- 온정리를 지나며

임석재

들판으로 쏟아지는 아이들
손마디 얼얼하게 냉이 쑥 캐는 아낙들
굽은 등 너머로 민둥산이 감싸안은 온정리 마을

화려한 꽃들 피기도 전에
여름 한철 바삐 준비하라고
진달래 먼저 피어 붉게 물들어가고

소달구지 지나가는 인민도로는
온정령 넘어
눈보라 언 고원까지 훌쩍 맞닿을 듯하다

수몰된 내 고향
파종한 담배에 고운 흙 덮던 마을도
황초집 가득 잎담배 채울 준비하라고 진달래 개천가
에 가득했는데,
어느 곳에 살아도
진달래 닮은 피붙이 얼굴들

달리는 버스 창에 달라붙은 내 얼굴이
무섭고 낯설게 간다

함박꽃송이

북측 안내원인 그대와 관광객인 나
이름과 나이와 고향을 물으며
출렁다리 지날수록 가까워지고

나란히 걷는 그대가 앞선 어디쯤
내가 앞선 어디쯤,
주고받은 말들은 옥빛 물줄기에 섞여

불이 난 집에 뛰어 들어가
아이 둘을 안고 나온 그대 연인의 이야기 끝에서
선녀의 옷자락 같은 햇빛이 환하게 피어난다

등짐이 무겁지 않느냐고
앞서가면서도 등짐 밀어주는 그대,
계단 끝에서 형님, 하며
함박꽃송이를 물줄기에 내려 보낸다

단비

적각동 이씨네 방문을 열면
육백산 편평한 능선이
처마 끝에 걸려 손님을 반긴다

삼수령에서 길 잘못 든 사람
한 해에 두서넛씩 흘러왔다
돌아나간다는 앞마당,
묻기도 전에 길 알려주는 이씨
죽은 모종 다시 심을 모종도 내려놓고
앞장서서 방으로 들어간 등 뒤
산등성이 배추밭이 땡볕에 갈라진다

맨손으로 가꾼 할머니 밭 지진에 내려앉고
다시 일군 지 오 대째,
해꼬리에 말라붙은 밭고랑 매달고
기울어가는 산집

며칠째 처마 쪽으로 얼굴 내놓고
육백산 넘어오는 구름 지켜보다
비가 오겠다는 바람 같은 목소리에 낙엽송이 흔들

린다

파릇파릇 모종들이 웅성거린다

고한에서 뜨는 해 외 3편

이승규

도박판 금을 캐다 밑천 날린 아버지들이
칼날 같은 능선에 매달려 넘던
두문동재

금대봉에서 번져오는 바람에
금마타리 묵은 홀씨처럼 날려 온 나도
폐광촌 탄가루에 섞여 재를 넘는다

높은 철길 낮은 텃밭 지나
검은 사택 금 간 담벼락에
아이들이 그려 놓고 떠나간 샛노란 해
두 눈 아리게 타오르고

그 해 마주보고 금마타리 피기도 전에
막장 같은 내가 피어난다
피어나는 나와 나 사이 뚫린 골목에서
스르륵 들창 열리고 개 짖는 소리 퍼질 때
잡풀 사이 녹슨 그네들이 흔들거리며
대간 위로 떠오르고, 떠오른다

검룡소*에서

1

이무기와 바위와 자갈들 말고
몇 그루의 나무들이 그 안에 살고 있는지
검룡소에선 사람의 내장도 홀라당 비쳐 보이지
요건 심장, 요건 허파 가리키며 킬킬대다가
검댕 묻은 마음도 비쳐 문득 웃음 멈춰진다면

2

바람 찬 금대봉 기슭에
심장 뜨거운 자동차를 세워두고
눈 속에 발을 폭폭 빠뜨리며 걷는다
노루 발자국 어수선한 비탈을 지나
서툴게 급조한 기와 처마 밑에 '儉龍亭',
사진기 들이대고 찍어대던 사람들이 돌아가고
주춤거리다 검룡소를 만난다

(뭐 이런 이상하게 맑은 물이 있을까!)
어디서 들려오는 목소리인지

물 속의 나무들은 영문을 모르겠지만
천상도 지상도 아닌 산중 이 물 속에
얼얼하게 눈빛을 담았다 빼내면
천 가지 마음이 동시에 탈색!
하고 생각에 빠지는데,
갑자기 나무들이 웅성거린다
이무기가 잠을 깨려 하는지
바위가 한번 꿈틀, 하더니
금세 수면이 잠잠해진다

3

물에 비친 구름, 바람에 설레다
나도 모른 내 얼굴 비춰주는 검룡소
굽이굽이 한강으로 흘러들어 열뜬 불빛 식혀줄
검룡소 맑은 물을 조심스레 병에 담는다
몇 모금 마시고 나머지는 차에 싣는다
서울 집 어항에 쏟아 부으면
어색하고 낯익어 당황할 수돗물보다 먼저
서울로 돌아가는 차 안

내 뱃속이 요동을 칠지도 모르지만

* 강원도 태백시 금대봉 기슭에 있는 한강 발원지. 서해에서 흘러간 이무기가 용
  이 되어 승천하려다 검룡소에 갇혔다는 전설이 전해진다.

백두대간 임계장터 구간

햇빛 위로 천둥 뒤흔드는 한낮
쌓여 있는 감자, 오이, 풋고추 사이
흙탕물 튕겨대는 빗방울

산나물 보따리 이고
오솔길 내려오던 할머니 따라붙다
처마 끝에 가물대는 산줄기

이름 없는 능선과 봉우리가
비바람에 다시 몰려와
좌판 너머 철물장수 아저씨의 거친 손
물기 밴 너털웃음과 어진 눈을 지나
공터 위로 높은 길을 낸다

으르렁대는 먹구름 따라
몰려올 때처럼 빗줄기 몰려가고

길거리에 송글송글 맺혔다가
또르르르 굴러가는 아이들,
왕왕대는 확성기 너머 대간 향해 너울거리는

하얀 천막 푸르른 숨결을 타고
말갛게 씻긴 능선이 능선을 이어 흐른다

대간에서 만나는 사람
– '백두대간 금강산 시화전'에서

햇살 속에서도 덜덜 떨리는 어깨를
찬 바람이 치고 가는 옥류동

등짐 지고 다리를 건너
구르는 옥빛 물소리에 휘감길 때
검은 얼굴, 앙 다문 입술의 북녘 사내가
나를 휙 앞질러 간다.

그의 뒷모습 놓치고 허위허위
관폭정에 다다라
칭칭 싸맨 시화를 펼쳐 놓는다.

서성이던 바람이 우뚝 선다.
가쁜 숨 차분해지고
폭포소리에 깨어나는 시화 속 바위와 나무만 술렁인다.

그가 다가와 시화 앞에 선다.

팔짱 풀고 시구 따라
오대산 설악산 거쳐 향로봉에서

금강산으로 자꾸만 돌아오고 있다.
그의 어깨 위에 반쯤 걸친 햇살 대신
각진 얼굴 부드러운 눈망울이 주위 햇살 다 받아내어
슬쩍 내 눈과 마주칠 때마다 온기를 전해 준다.

젖은 몸이 훈훈해질 틈도 없이
뒤엉키는 발소리와 말소리, 폭포소리 사이로
등만 보인 채 그가 비탈길로 올라간다.

꿈틀대던 시구들도 풀이 죽고
서늘한 그늘이 시화에 내려앉기 바로 전
그가 다문 입술 터트려
"오오"하며 읊조린다.

"지리산에 살다 죽어도
백두산에 살다 죽는 한 핏줄이여."*

* 신대철 시인의 〈금강산에 살다 죽어도〉 부분.

온정령 넘어가면 내강리라지? 외 3편

이성일

이리 돌고 저리 돌아도
넘을 수 없는 고갯길은
다시 수십 길, 벼랑 바위에
쇠사다리 박아 놓고
허공으로 뻗어있다

금강내기 몰아치고,
달리 갈 데 없어도 흔들리지 말자고,
쇠난간 부여잡고 천선대를 오른다
흔들리며 오른다

절부암이 뭐냐고, 만물상이 다
뭐냐고, 채 녹지 않아
얼음 같고 눈 같은 그대 얼굴
훔쳐보다가, 웅크리고 있어도
피어있는 그대가 눈꽃 같고
얼음꽃 같아

눈빛 깊어지는 담과 담과 담을 따라 상등봉에서 비로
봉으로 시선을 넘기다 허방 딛는다. 그대 산다는 마을

어디쯤에서 비틀거리는 내게 다가와 말을 건네는,
　(마음만으로는 갈 수 없다고, 마음으로만 통일을 바라
면 어카겠냐고,)

　넌지시 건네는 그대 목소리
　벼랑을 울린다 벼랑 위에 서 있는 만상을 울린다

흰산. 1

1

흰산 아래
눈 내리는 마을이 있다
눈은 마을에 닿지 않고
산꼭대기 나무나
바위에 닿아
산을 녹인다
마을 사람들은 누구나
녹아 흐르는 산을 마신다

2

  그러나 녹지 않고 쌓이는 눈은 마을 아래로 생나무 토
막을 굴려 내린다, 얼어붙은 마음처럼 휘어진 생가지를
쳐내지 못하고, 줄기째 부러져 울리는 산울음 소리에 잠
이 깬 사람들은 더 깊이 잠들기 위해 아궁이 가득 군불
을 지핀다, 더러는 잠들지 못하고 달아오른 구들에 마음
녹이려다 연기처럼 피어올라 눈 쌓인 지붕을 끌고 어디
론가 흘러가버린 사람들,

3

입김만으로도 서로의 집이 되는
사람들 체온에 녹아, 피처럼
돌고 도는 길이 있다, 길은
떠난 자들이 가져가 버린 세상과
남기고 간 허공에 흰 발자국 찍으며
서낭당 당목 주위를 서성거린다
길과 길이 맞닿아 틀어진 당목 꼭대기에서
어둑해지던 하늘이
지평선을 내리고 있다.

4

빈집도 있다
도시로 떠내려 간 자들의
뿌리를 움켜쥐고 감 끝에
감나무 달고 있는
마당 빈 집이 있다
집은 위태롭다, 까치보다 먼저

까마귀 내려와 쪼아 먹으면
내장 같은 노을이 터져,

악착같이
감나무를 달고 있는
감이 있다

흰산. 2

- 태백산 눈꽃

　산 속에는 햇빛을 녹여 물이 되게 하는 눈과 눈 쌓인 나무와 나무의 줄기를 따라 녹아내리는 햇빛을 따라, 한없이 꽃을 뿜어 올리는 그대가 있다. 그대 숨 쉴 때마다 꿈틀거리는 산,

　산꼭대기에 봄눈 내리고, 눈은
　제 몸의 무게보다 더 가볍게 그대에게로
　나를 길어 올린다.

흰산. 3
- 노인봉 산정에서

꽃이 지는 자리에는
꽃보다 먼저 꽃그늘 떨어져
피 같고 꿈같은 초록이
고인다. 고여서 그대 품속처럼
깊어지는 산,

산속을 헤맵니다. 길은 발자국 몇 개로 나를 버려둔
채, 저 혼자 산목련 줄기를 타고 올라가 목련꽃 망울을
터트리고 있습니다. 길을 잃고 두려운 마음에 나무 꼭대
기로 올라가 길을 찾지만, 자꾸 허공에 발이 빠져 새 울
음소리만 밟히며 터집니다. 툭 툭 터지면서 열리는 산.
아, 목련꽃이 산 속을 열어 놓고 다시 길을 비춥니다. 백
두대간을 타고 오르다, 함경북도 청진시 신암 1동 앞바
다로 흘러가는 길, 산(山)만한 그리움이 철새 떼처럼, 그
리움의 능선을 끌고 가다가 그대 등줄기에서 휘어져 뭉
클, 뭉게구름 피워 올리는.

노고단 외국인 휴양소 외 4편

이석철

가문비 낮게 깔린 노고단
그림자 몇, 달빛마저 입 막으며
흰 벽돌 사이로 스며든다

네발로 오른다는 화엄사 돌계단도
코가 닿는다는 코재도 성삼재도
그 양반들보다 무거웠을까

너덜거리는 무르팍 움켜쥐는
천오백 능선 길,
선교사 어른 지게 태워
순사 나리 가마 태워
오르고 오르시던 할배

땀에 절어 헤어진 어깻죽지엔
피멍만 들었을까,
벗겨진 살갗 속으로
깊이 파고드는 피멍만?

생각하며 곱씹으며

터진 손등 붉은 눈매
둘러맨 소총 움켜쥐고
할배 오른 길 따라 오르는
소년병 소년병 소년병

벽소령

벽소령 돌아나오는 암벽, 8부 능선
이 계곡 저 계곡 뚫고
수많은 바위들을 깎아 만든 도로
터져가는 다이너마이트,

- 저놈들은 인간이 아니여, 빨갱이여, 빨갱이
죽여야혀, 알간?

살기 돋친 포성은
잔바람 되어 능선 타고,
걸을 때마다 으드득 씹히는 바위조각
핏발 선 메아리로 날카롭게 울립니다.

빨 갱 이 여 빨 갱 이 죽 여 야 혀 알 간 ?

앉아있던 새떼 날아가고
구름 날아가고, 발걸음마다 온 몸에
차오르는 신음소리, 흩어지는 토벌로
능선도 능선 아닌 것도
엇갈리는 벽소령

막힌 숨 고르는 동안
다시 밀려오는 운해에 휩싸이고
엇갈린 길 속에서 스며오는
산그림자에 점점 안겨갑니다.

당신은 길도 아니었던 이곳을 맨발로 도망갔다 했습
니다, 외세와 싸우는 것이 오롯이 동지와 혁명을 위한
것이라 생각했다지요, 살기 위해서라도, 찢겨진 가족의
시신을 찾기 위해서라도, 숨도 쉬지 않고 견딜 수 있었
다던 당신. 단 한 번도 제 민족에게 총부리를 겨누었다
생각해보지 않았다던 당신. 구름 속 낙엽 밟는 소리도
지워진 소리까지도 길이 되는 이곳에서 당신은 누굴 위
하여 싸운 건가요? 당신이 겨눈 그 많은 사람들은 무엇
이었나요?

소리없이 밀려오는 메아리
낮게 흔들리는 나무
반세기를 고여 있던 당신의 음성

무덤처럼 쌓여 있는 돌무더기,

총탄 자욱 긁힌 바위 앞에서
무릎 꿇고 머리를 조아렸습니다.
아군도 적군도 아닌, 우리 영혼들에게

- 서해에서 죽어간 우리 청년*들을 거두소서.

* 바다의 휴전선이라는 양측의 해상한계선에서는 자주 전투가 벌어져 남북의 많
은 젊은이들이 다치고 사망했다.

토왕폭을 오르며 2

얼어붙은 눈언덕에
아이젠을 차고 선다
설악을 쓸어 오는 눈보라에
몸 가눌 수 없이 흔들릴 때

곧은 소리로 뻗어 오른 토왕폭에
로프로 몸 묶어 매달리는 사람,
빙벽을 찍는 손과 발
그 떨림이 흘러 작은 눈보라로 몰아친다

- 목숨을 걸지 않곤 올라갈 수 없죠

깡- 깡- 울리는 소리
빙폭을 흔드는 그대 심장소리
얼어붙은 나를 휘감고

토왕폭 끝으로 올라가는 사람아
그대, 사람아
곧은 소리로 한 생을 넘어가는 사람아

낙빙 투성인 가슴으로
조각난 내 몸은
눈구덩이를 찍으며 좇아 올라간다

군사분계선을 넘으며

- 동해선 3

1

완전 무장한 군인들이 금강통문을 열고
버스는 철책으로 들어간다

낡고 삭아 알아보기 힘든 말뚝
밑 모를 두려움의 적막에 휩싸인
군사분계선, 그 조그만 흔적에도 숨 막히고

힘겨운 숨 몰아쉬는 사이
구선통문에 닿는다
문을 열고 닫는 인민군들
처음이지만 낯설지만은 않다

어디선가 만난 적이 있는 얼굴
그 얼굴, 신병 훈련장, 의식적으로 적들을 향해 고함
과 총을 휘둘러야 하던 때, 차마 칠 수 없어 머뭇거리는
내게 엷은 미소를 던져주던 그 얼굴, 지나치는 순간에도
허물린 참호처럼 내 가슴을 허물던 얼굴, 얼굴들

2

버스에 올라 점검하는 인민군
무뚝뚝한 눈빛, 굳게 다문 입술
발걸음 소리 또박또박 울려올수록
버스를 꽉 메워오는 침묵

스쳐 지나며 사람들을 확인하는
그에게 눈인사라도 건네고 싶지만
버스를 가득 메운 정적에 막혀
심장 고동만 터질 듯 부풀어 오른다

"반갑습네다!"
나도 모르게 터져나온 한 마디
긴 숨을 쉬는 듯 흔들리는 버스,
그가 굳은 얼굴로 내려선다

그의 눈빛과 내 눈빛이
고함도 표적도 지운 투명한 얼굴로
마주치는 순간,

옅은 미소가 바람처럼 번져오고

군사분계선, 철책으로 미소가 퍼져간다

강원도 북고성군
고성읍 온정리 강철에게

- 동해선 8

관폭정에서 시화전 준비할 때
잠시 스쳐 지나간 네가
너무도 반가웠단다. 잘 사는 거지?
인사도 못하고 세존봉으로 뛰어 오르는
네 등만 올려 보았구나.

지난 가을에 만났을 때
금강산 환경관리 업무원이 천직이라고
햇빛 어린 바위처럼 밝게 웃던 철아,
통일되면 산도 오르고
환경관리에 대해서 공부 하자더니…

참, 작년에 말한 대로 형 장가갔다.
관폭정에서 소개시켜 준 사람 네 형수야
청첩장도 못 보내줘서 많이 미안했다.

철아,
언제고 만나야 할 내 아우야!
언제 한번 꼭 내려와라,
꿈에만 그리 느닷없이 오지 말고.

소백산에서 외 2편

윤혜경

안개비에 젖어 가던 길 지워지고
휘몰아쳐 오르는 바람
그 속에 섰습니다

하늘말나리 하늘로 올라가고
잡목숲에 엉겅퀴 풀어지고

천동리 넘어온 나는
죽령 지나 연화봉 넘어오는 그대와 마주치네요

그대가 몰고 온 봉우리들
거친 숨소리 따라 굽이치는데
지나온 길마다 꽃봉오리 터지는데

멀리, 겹겹이 흐르는 능선을
한 길로 모으며
또다시 대간을 타는 그대

그대 발자국 소리
초원 가득 환하게 찍혀
노란 제비꽃 피어나네요

팡

101

장전항

장전항으로 흘러 들어온 물살
호텔 해금강이 출렁거린다
밤새 호텔을 밝히는 불빛
밤보다 깊은 어둠 속, 군인들의 눈빛

숨죽이며 지뢰 같은 군사분계선을 지났다
뜨거운 가을 한낮
녹슨 철로 위로 우뚝우뚝 서 있던 군인들
빈 들판 한가운데 혼불처럼 불쑥불쑥 튀어나오던 군인들

차 한 대 지나지 않는 거리에 똑같은 회색 집 드러나고, 좁은 골목 깊숙이 고개 숙인 달구지, 저만치 마른 냇가엔 물지게 진 젊은 아낙,
그대 삶이 흙먼지 날리며 목으로 넘어오는 동안에도 낮은 굴뚝의 연기는 피어오르고

구호바위도 지워진 깊은 밤
어둠 속에서 다시 만난 그대들 어둠 속으로 눈길 돌리고

나는 철조망 쳐진 산책로 안에 갇혀
그대들 침묵 따라 꿈길로 걷는다
양양으로, 원산으로, 압록강으로

일렁이는 물살, 숨죽이며 잦아드는 바다
불빛이란 불빛 모두 지우고
까만 어둠 속 새까맣게 물들이며 새떼가 난다
한 무리,
바다를 박차고 날아올라 그 틈에 끼고 있다

만물상 지나

삼선암 지나 귀면암, 돌아보면 다른 얼굴
하늘문 지나 망장천, 돌아보면 같은 얼굴
자꾸 돌아보면,
그 길에 서 있는
같은 피 흐르는 사람들

낯익은 북한 안내원
만물상 등지고 햇살 아래 서 있다
서로 안부를 묻고
서울과 온정리 오가다
함께 바라본 계곡, 잔설이 쌓여 있다
문득, 가슴 저리게 고여드는 바람

봄볕을 불사르며
만물상 지나 온정령 지나
막힌 길을 넘고 있다

소황병산 외 3편

윤석영

마을과 밭고랑 지나
삼양목장을 지나
들어설수록 깊어지는 산

잡목숲에 기대 흐르는 물소리에 귀기울이면 몸 속으로 물줄기가 밀려들어 심장이 고동친다. 젖은 숲에선 몸이 열리고 눈뜨면 얼레지 피어나고 고개 들면 어깨에 가슴에 박새 날아와 앉는다.

떼 지어 흐르는 양떼구름
아래서
지친 몸 쉬어 가고
타는 목 축여 가는 초원

이 땅의 숨결을 받아
하나씩의 영혼에 눈빛 맞추며
대간을 타는 사람들

연봉이 되어 흐른다.
하나의 핏줄을 향해 일제히 흔들려간다.

바람꽃

그대 찾아가다가
발길 멈추고 들여다보는 꽃

바위틈에 뿌리를 내리고
골짜기마다 흰빛을 뿌리는
수렴동의 돌단풍

어둡기 전에 계곡을 빠져나와 봉정암 산마당으로 올
라선다. 그대 찾아가는 길 갈피를 못잡고 서성이다가 거
세게 바람부는 소청에 이르자 날이 저문다. 눈잣나무 사
이 바람막이 텐트 속에서 잠을 설친다. 밤새 마음의 틈
새로 불어오는 황소바람이 커다란 구멍을 낸다. 황소바
람 빠져나간 빈 자리에 그대 향한 그리움이 하얗게 쌓인
다.

대청봉의 첫새벽
밤새 오색에서 올라온
함박꽃나무 꽃향기와 마주친다.

대청봉의 꽃바람

한껏 들이켰다 내쉬면

내 안에 쌓인 그리움이
그대 발자국 따라 흰물결친다.

심장에 남는 사람
- 군사분계선을 넘으며 2

뿌옇게 흙먼지 일으키며
군사분계선을 넘는 관광버스

길섶에 엎드리는 사람들
높다란 담벼락 너머 사람들
고요한 온정리 마을을 스친다

호텔 해금강에서 맞잡은
그대의 따스한 손
그대의 투박한 사투리
잔잔한 밤물결이 밀려온다

관광객도 군인도 아닌
형으로 아우로 만나서
담벼락 너머 그대를 만나서
동해북부선*을 따라 걸어보는
황홀한 꿈에 뒤척이는 밤

그대는 양양을 향해
나는 원산을 향해

뭉클하게 부르는 노랫소리

헤여진대도 헤여진대도
심장 속에 남는 이 있네**

장전항의 새벽 하늘가
군사분계선을 입에 물고
까마아득하게 날아가는 새떼들

* 동해북부선은 1937년 12월 1일에 개통되어 1950년 한국전쟁으로 인해 끊길 때
  까지 14년 동안 양양역에서 원산역까지 180킬로미터를 이어주던 철도이다.
** 북한의 영화 〈심장에 남는 사람〉의 주제가이다.

만물상 아래 오누이

신계사 터를 지키고 선
빽빽한 금강소나무숲 안쪽으로

온정령 백여섯 굽이를 돌아들면
다른 바람, 다른 얼굴의 만물상

만물상 아래에서 다시 만난 그대와 반갑게 인사하는
동안 서로의 눈빛에 한줄기 물빛이 반짝였다. 천선대를
오르는 내내 그렁그렁한 눈동자가 따라왔다.

등 뒤에서 누가 떠밀어?
돌아보면 거센 바람
등 뒤에서 누가 불러 세워?
돌아보면 뜨거운 숨결

만물상 아래
가장 또렷한 물상 하나
남과 북의 오누이가
새 숨결을 주고받고 있다.

등을 떠미는 거센 바람 속, 흐르는 하나의 핏줄이여

바이칼 외 5편

신대철

1. 은빛 물빛

큰 소나무 위에서
품 속으로 돌아온 아이들
산능선 걸치고 잠들어 가면
할머니는 먼 곳을 향해 웃으셨습니다.

잔잔한 할머니 눈가에 잡히던 은빛 물빛
바람에 눈빛승마에 반짝이던 은빛 물빛

할머니 돌아가신 뒤에는
먼 곳으로 번져갔던 웃음이
숨결을 타고 아내의 눈가로 돌아왔습니다.

눈 날리고 해 저물고

아이들이 전자(電子)사막에서 헤매다 돌아와도
아내는 모래와 흙과 먼지에 뒤덮인 채
먼 곳을 보고 조용히 웃었습니다.
은빛 물빛 할머니의

할머니의 머나먼 할머니를 향해

2. 바이칼에선 누구나 한 영혼?

숨결 흐르는 대로
흘러가는 길

광활한 평원을 가로질러
숨 부드러워지는 곳에서
우리는 잠시 길을 멈추었습니다.

백두대간을 타고 가면 한 자리에 잔상으로 스치던 솜
다리와 엉겅퀴와 민들레가 길언덕에 한데 어울려 있었
습니다. 혼자 있어도 묵묵히 자기 대역을 하며 살아온
노인이 엉겅퀴 옆으로 끼어 들어가 무심히 서 있었습니
다. 메마른 땅엔 흰 구름, 흰 구름, 솜털 가시지 않은 처
녀들이 바람 따라 들어오다 주춤했습니다.

작은 구릉 위에서 누군가 바이칼! 바이칼! 하고 소리
쳤습니다. 출렁출렁 푸르게 넘쳐오는 소리를 향해 일행

들이 고개를 쳐들고 돌아보았습니다. 바이칼이 바로 눈 앞에 있었지만 울란우데에서 온 노점상 블라디미르 가족도 그쪽을 바라보았습니다. 우리 몸 속 어딘가에 바이칼 숨결이 흐르고 있었던가요? 바이칼이 우리 영혼의 이름이었던가요? 물살이 스치기만 해도 가슴까지 수심이 차올랐습니다.

(바이칼,
우리가 있기 전에 우리가 오고
우리가 있기 전에 우리가 그리워한 곳
오래오래 꿈꾸어도
물결 소리 들리지 않으면
영혼이 머물 수 없는 곳)

우리는 허공으로 숨 몰아쉬고
높은 데로 오르고 오르다가
수심으로 푸르게 숨쉬면서
그대 눈으로 알혼섬*을 보고
내 눈으로 후지르를 생각하고
한 영혼이 되어 호수를 건넜습니다.

3. 후지르 마을

부르한 바위 앞에서
알 수 없는 힘에 이끌려
모두들 알몸으로 물 속에 잠겼습니다.
오색 물무늬들 어지럽게
수면을 스치는 순간
몸 속에 들어와 있던 수심이
조금씩 물살로 풀어졌습니다.
가슴엔 일렁이는 푸른 빛만 남았습니다.

어린 시절 굴뚝 밑에서
처음으로 죽음을 느끼고 울고 있을 때
사람은 누구나 먼 곳에서 왔다가
다시 먼 곳으로 돌아간다고 하시던 할머니,
그 먼 곳을 무서워하며 그리워하던 시절부터
머리 위에 붙어오던 까마귀떼들이
벼랑 위 자작나무로 옮겨 앉았습니다.

흰 자작나무**도 우리의 푸른 영혼?

바이칼 바람 소리

높고 은은해지고

솔숲 우거진 산자락 아래 안 보이던 마을이 보이기 시작했습니다. 탯줄 같은 구릉길, 나지막한 분지에 포근히 들어앉은 후지르 마을, 행인 하나 없어도 빨랫줄에 옷가지 흔들리고 판자 울타리 휘어지게 넘어오는 흰 감자꽃들, 언젠가 들은 듯한 자장가 소리에 보얗게 저녁 연기가 피어 오르고 있었습니다.

---

* 알혼섬은 바이칼에 있는 섬 중 가장 큰 섬이다. 섬 주민은 주로 후지르 마을에 모여 사는데, 대부분 부리야트인들이다. 이 섬에는 샤머니즘 성소인 부르한 바위가 있고 그 부근에 우리의 인당수를 상기시키는 설화도 남아 있다.
** 시베리아 샤머니즘에서 자작나무는 하늘과 인간을 중재하는 우주목이다. 샤먼이 되려면 하나의 통과의례로 자작나무를 올라야 한다.

시베리아 1

시베리아 횡단 열차를 타고
지구 저편에서 온 사람들이
긴장된 눈빛으로 줄줄이
트루베츠코이* 집으로 들어간다.

19세기 목조건물 3층집
　지하로 내려가는 줄이 한동안 꽉 막힌다. 눈길을 따라
가 보니 유럽인은 복제그림 앞에서 희미한 강제노동 현
장을 들여다보다 가슴에 못 박혀 있고 한국인은 귀족신
분 버리고 남편 따라 유형지에 온 열녀 이야기에 푹 빠
져 있다. 소리 없이 눈물에 처형된다.

반지하방 한쪽엔
트루베츠코이의
녹슬지 않는 쇠사슬과
어두운 벽면을 밝히는
푸쉬킨의 형형한 눈빛.

"무거운 족쇄는 떨어지고
옥문은 부서진다"**

금강산에 살다 죽어도

116

* 트루베츠코이(1790~1860)는 제정러시아의 전제정치에 반발하여 1825년 12월 14일 니콜라이 1세 즉위식을 기해 혁명을 일으킨 데카브리스트의 중심인물. 무기형을 받고 1826년부터 1839년까지 네르친스크 탄광에서 복역한 뒤 1839년부터 1857까지 이르쿠츠크에서 살았다. 그의 가족이 살던 집은 1970년 이후 데카브리스트 박물관으로 쓰이고 있다.
** 푸쉬킨의 〈시베리아에의 전언〉 끝부분.

초원의 빛

걸어갈수록
되돌아오는 초원길.

풀빛 흘러간 자리엔 구릉이 걸려 있었습니다. 으깨진 무르팍에 풀물 든 아이들이 구릉에서 훌쩍 컸다 사라지면서 풀꽃들이 쏟아져 나왔습니다. 바람이 온몸을 잔잔히 쓰다듬고 지나갔습니다.

비단 구름 몰고오는 푸른 말발굽 소리에 나도 모르게 손을 흔들었습니다. 말머리를 돌려 멈추는 듯 누군가 다가왔습니다. 광대뼈가 튀어나온 사내였습니다. 해가 저무니 말을 타라는군요. 구릉 너머 가을 초입에 마을이 있다구요. 초원에선 길로 가는 게 아니라 해 가는 대로 그리움으로 가는 거라는군요. 초원에 불이 났을 때 불길에 휩쓸린 양떼를 구하려다 낙마로 죽은 아내를 만나고 오는 모양이군요. 아내와 처음 만난 곳에서 아내를 다시 처음 만나고 오보*를 돌아 느릿느릿 돌아오는 그의 말발굽 소리엔 속삭이려다 수줍게 웃는 미풍 같은 말발굽 소리가 섞여 있었습니다.

그의 말잔등에 붙어 있으면

어둠 속에도 초원은
훈훈한 기운이 돌았습니다.

야트막한 구릉 넘어 구릉
마을은 보이지 않았고
지평선이 등 뒤로 물러나 있었습니다.

* 서낭당.

북한 전쟁고아 수용소 1

자이상 톨고이*에 올라
우리 몸 한없이 광활해질 때
흔들리는 발 저 밑에는
목조 건물 하나 어둡게 아른댄다

금 간 데마다 삭은 나무 계단
엄마 아빠 그림도
가갸거겨 낙서도 없지만
6 · 25 때 북한 전쟁 고아들 살던 집
북한으로 돌아가지 않고
몽골에 남은 아이들
내 나이쯤 되었을 그 아이들
할흐족** 사이사이 유민으로 떠돌다
옛기억 되살려 서성이다 가는 집
솔롱고스에서 온 이는
누구든 불려와 상처 더듬는 집

해질녘 컴컴한 폐가에
맨홀에 보금자리 친 아이들 몰고 나와
성큼성큼 가는 이 따라가 보면

산허리 막 돌아서
숨은 길은 구릉 넘어가고
버들잎 흩날리는 가을 건너가고

눈 밑에 철렁 넘쳐오는 톨강

* 자이상은 라마교 계급 이름, 톨고이는 머리, 고개의 뜻. 자이상 톨고이는 몽골의
  수도 울란바토르와 그 외곽에 흐르는 톨강을 볼 수 있는 전망대 이름인데, 그 바
  로 뒤편에 북한 전쟁고아 수용소가 있다.
** 몽골인들은 대부분 할흐족이다.

혜성

- 북한 벌목공 2

구릉 위에 펄럭이는 대형 일장기
그 아래 해, 달, 별, 점점이 박힌 깃발들
태극기는 구릉 모양의 곌에 나풀거린다

언 구름 속을 빠져나오던 해가
조금씩 달 그림자에 가려진다
사방은 깜깜해지고, 일 분간
백금가락지만 남아 있는 해
지구 구석구석에서 온 천문학자들은
다리만 내놓고 망원경 속으로 들어가 나오지 않고
다리 사이로 나타났다 사라지는 이북, 혹은 이남 사투
리들

얼음 구렁에 빠진 구형 스텔라를 밀며
나도 지상의 떠돌이별들을 찾아
맨눈으로 얼음길을 더듬어간다
다르항 지나 국경 가까이
살기 위해서 오직 살기 위해서
국적 없이 떠도는 그대들 짐승같이 숨어 있는 곳
시베리아소나무 숲 쪽에서 눈보라 몰아쳐 오고

길은 금시 눈 속에 묻혀 버린다

지구와 해 사이
달 그림자 같은
해 같은
안 보이는 혜성 같은
반쪽 얼굴들, 어른거린다

* 1997년 3월 8일, 몽골 북쪽 다르항에서 금환식이 일어나는 동안 헬리 혜성이 보
  인다고 하였지만 구름 끼고 눈이 내려 볼 수 없었다.

벼랑능선 2

벼랑능선에 와서
새 울다 가고
바람 불다 가고
벼랑능선에 와서
나는 시를 쓴다.

쓰고 나면 말과 말 사이는
신갈나무 잎새에 가려지고
자병산 무너지는 신음소리만
내 귀에 함몰지에 몰려 있다
불쑥 터져 나온다.

벼랑능선에 와서
빗줄기 거칠어지고
상처난 건 무엇이든
바람이 감싸안는다.
마침내 나는 시를 버린다.
대간의 숨통 끊기는 소리
뼈 아프게 울려온다.

쾅쾅쾅쾅

하늘문* 외 3편

신경옥

이 문에 들면 하늘에 오른다지
내 생의 벼랑으로 서 있는 저 하늘문
아슬아슬한 길 들어서니
금강내기바람 세차게 휘몰아친다
하늘로 끌어올리는 금강산 큰바람에
나를 놓칠까 두려워
몸 낮추면
순간, 바람이 잦아들고
일어나 또 한 걸음 오르면
다시 불어오는 험한 바람
하늘문 다다르니 나를 휘감고
남으로, 남으로 흩날리는 만물상 향기
하늘과 맞닿을 것 같은
숨 멈춰지는 순간,
좁은 돌문 사이로
봄빛알갱이들 쏟아져 내린다

* 천선대로 들어서는 관문으로 금강산 자연돌문 중에서 제일 높은 지점에 있다.
  폭은 한사람이 지나갈 만하고 높이는 5~6미터이다.

비무장지대를 통과하며

검은 흙먼지 날리며
비무장지대를 통과하는 버스 안에서도
숨죽이며 바라보아야만 했다
내 나라 내 동포가 사는 이 땅을

〈위험·지뢰지대〉
마른 숨 헐떡일 때마다
억새풀 세차게 흔들리고
녹슨 철길은 북으로 향해 뻗어 있었다
낡은 팻말로 표시된 군사분계선 지날 때
부동자세로 서 있는 북쪽 군관
바라보며 손을 마구 흔들었지만
눈길 한번 주지 않고 녹슨 철길만 바라본다
헐렁한 새 군복 커다란 모자 새까맣게 그을린 얼굴
번득이는 눈초리
단단히 박혀 정지된 시간
창밖으로 보이는 북녘 땅 가는 길
문 굳게 닫힌 버스 덜컹거리며
구불구불 이어진 먼지 나는 길을 따라가고
쿵쿵 뛰는 우리 맥박 잠재우려는지

바람에 더욱 세차게 흔들리는 억새

펄펄 끓는 불덩이를 품은 우리들
버스 문 활짝 열고 내려가
내 나라 내 땅에 발 딛고 싶다
함께 오르고 싶은 사람들 비추는 햇살 속으로
내 마음 걸어서 금강산까지

조령산, 빈손으로 걸어들다

박달나무와 소나무 우거진
새도 날아 넘기 힘든 고개
길이 꿈틀거린다
거대한 장벽처럼 불끈 솟아오른다
신선봉과 조령산 사이 백두대간 줄기
길고 질긴 넝쿨 따라 빈손으로 걸어든다
넓은 잎 위를 기는 애벌레 한 마리
햇살을 튕기며 몸 비틀다가
없던 길 트며 나뭇가지 위로 오르고 있다
미끄러지고 귀 씻으며 걷는 산 속의 길들
샛길, 샛길 치며 걷는다
휘청거리며 걸어간 옛 길
찔레꽃 무덕무덕 피어 있고
얽히고설킨 기나긴 시간을 지나 온
나무의 어깨나 꽃잎의 손에 새겨진
한양길 오르던 선비가 걸쳐놓은 꿈들
천주교 박해로 신도들이 넘던 한 많은 문경새재
한 세월을 건너 모로 누워있는 풀들의 침묵 속에
지워져 있다가 살아나는 이야기들
오늘까지 이어지는 수런거리는 소리

산에 막히지 않고 이어져 가는 물길처럼
오늘 내 길을 터주고 있다

혜국사*에서

주흘산에 앉은 여궁폭포소리
그 물소리의 가파른 계단 오르면
혜국사 아름드리 소나무
하늘과 몸 섞고 있다.
솔잎 푸르른,
숲 깊어지는 산길로 내려온 하늘
내 마음 한켠을 서성거린다
공민왕을 지켰다고? (혹시 나도?)
대웅전 앞 문턱을 넘기 전부터
차고 넘치는 가벼워진 마음
진종일 솔잎 타는 냄새 물씬거리는 좁은 마당
심장의 덧문 열어젖히고
노부부 합장하는 동안
오랜 시간 견뎌온 노송껍질 어루만진다.
이제 푸른 솔잎 속 깊이 젖어들어
시린 등이 따뜻해진다.

* 고려 말 홍건적의 난이 일어났을 때 공민왕이 이곳으로 피난하였다.

상팔담[*], 물빛 외 8편

손필영

군사분계선 황색 팻말 옆에서?
검정고무신 신고 막사 고치던 병사 옆에서?

누가 따라온다. 금강문 지나 계곡 트이면서 안개비에
붙어 누가 바짝 따라 온다, 그는 나와 가까워지면 물소
리를 듣고 멀어지면 산길을 앞당겨 간다, 구정봉 꼭대기
에 올라 앉자 그는 계곡을 내려 본다.
나무꾼의 눈으로 물을 보고 있는가?
주위의 숲들 물러나고
상팔담 네 번째
투명한 물빛만 떠오른다.

나는 물빛에서 선녀만 보고
선녀만 품어 안고
안개 속을 둥둥 떠다닌다,
바위들 피어난다,
새가 난다, 벼랑이 울린다,
가만히 안개 속에 선녀를 풀어 버린다,

그는 사람에 섞여 내려갔다

사람에 섞여 다시 올라온다.

그가 오르락내리락하는 사이
옥빛을 띠는 상팔담 물빛.

* 구룡폭포 위에 있는 여덟 개의 옥빛담. 선녀와 나무꾼의 전설이 유래한다.

현리

아침해 뜨자 눈발이 벌떼처럼 몰려와 햇살을 가린다.
찢어진 고무 다라이에서 눈살 찌푸리며 떨고 있는 누렁
이, 바싹 매인 채 혓바닥으로 빈 그릇 돌려돌려 김 내며
핥는다. 바람은 한밤처럼 불고 주인은 며칠째 돌아오지
않고, 길도 돌아오지 않고, 굽이굽이

흐르는 물도 웅크리면 얼어 버리는 현리.

검은등 뻐꾸기

태백으로 가는 길을 미뤄 두고
길 잘든 산판길로 들어서면 봄,
산모퉁이에 피는 연초록빛에 실려
더 내리지도 오르지도 않는
내 몸 네 마음이 둥둥 떠가는
고원 위의 높은 길

내가 살아온 길보다 높은 길
두 길을 동시에 걸어가는 한낮,
돌길 공터엔 산사태를 옆에 두고 따거운 봄볕에
젊은 기사와 함께 잠이 든 포크레인,
멀리 능선과 능선이 만나는 곳에서는
지평선이 굽이치고 있다,

검은등 뻐꾸기 울음소리에 불려
길은 아래로 내려간다,
산마을엔 나지막한 집, 집같이
폐광 갱목더미가 쌓여있고

비탈진 길가

자장율사 지팡이에 돋아난 푸른 가시잎을 보는 큰스님,

큰스님과 나 사이를 무한히 벌리며
정암사 목탁소리를 따라 어허 어허
검은등 뻐꾸기가 운다.

지하 8천 미터에서 뜨는 무지개

폐광 소문이 돌 때 막장을 나와
빈 사택 한 구석에 세탁소를 차린 배씨.
지하 8천 미터 탄차를 밀던 손으로
다리미를 민다, 구겨진 제 가슴은 옷가지와 함께 뭉쳐
놓고
낯선 바지 가랑이를 지나 푹 꺼진 엉덩이를 지나
허리춤에 이른다, 물 한 모금 물고
지하의 숨과 꿈을 몰아 바지 끝을 향해 푸우푸 물을
뿜으면
무지개,
어둠 속에서도 지지 않고
보얗게 피는 그 무지개로 바지 날을 세운다.

피재를 넘어온 바람은
세탁소 간판을 흔들고, 재우고 재워도 배씨를 흔들고
골골 줄 끊어진 전신주와 전신주 사이에 팽팽히 걸린다,
폐광촌을 떠났던 곤줄박이가 일제히 바람줄에 날아
앉다 곤두박질한다, 빨래 널던 배씨는 잠시 기울어진다,
새떼만 날린다.
뒷골목에 언덕에 온통 분칠을 하고

마을 귀퉁이를 살짝 돌아간 사택여인,
시커먼 산 그림자에 쫓기며
발자국 사이사이 숨은 팔자걸음도 남겨 두고
오십천으로 낙동강으로 협곡 물줄기를 타고 갔을까.
달아난 여인 같은 야생화 강렬히 피어나고
검은 물위에 넘쳐흐르는 검은 물위로
실낱같이 흘러드는 물가에
푸르르릇 돋는 이끼,

배씨는
어두워 가는 동네를 한 바퀴 돌아
평상에 앉는다, 사람이 보이지 않는
옆집, 옆 옆집.
멀리 운동장에는 몇몇 아이들이
철봉에 거꾸로 매달려 동네를 보고 있다.
아이들 동네에는 아득히 초원이 흐르고 구름이 뭉클
피어오르고,
떠난 아이들은 모두 거기 모여 살고 있을까,
아이들 동네를 불러올 날을 기다리며
배씨는 평상을 넓히며 걷고 걷는다.

도화동

현동에서 아는 이름 하나하나 떠올리며
고로쇠 물 마시고 쇠똥 따라 걷는 골짝길
물 없는 곳에서 언 발 빠뜨리고 김시습을 지나
아무 소리도 들리지 않는 곳에서 최치원을 지나
내가 아주 지워진 곳에서 푸르러지는 햇살,

도화동에 남은 것은
흘러내린 돌담, 이끼 낀 장화 한 짝

도화빛만 흰구름에 새겨 두고
땅 위에 떠 있는 물, 물소리

참새떼를 기다리며

1

경상북도 봉화군
정 들어야 길이 보이는 곳

씨나락 널린 멍석 따라 물길을 거슬러 올라가면 물이
지워진 곳에 새 하나 날아들지 않는 참새골이 있다. 골
끝머리엔 북쪽으로 기울어져 가는 초막집, 할아버지는
마을에서 가장 멀리 솟아 있는 붉은 소나무 밑으로 송이
버섯을 따러 가 돌아오지 않고, 영주에 사는 아들은 십
년째 참새골로 돌아오고 있고.

묵은 배추밭엔 바람에 두들겨 맞는 들깨
잡풀로 기워진 고무신
쟁기날에 빛나던 웃음은 마른 흙에 이겨 붙어 부스러
지고
마을길은 다 끊어져 물길을 따라 흐르고 흐른다.

2

춘양면 애당리
태양고추에 타는 햇볕

　할아버지가 돌아온 뒤 뒤란엔 까치가 머뭇머뭇 날아
들고, 윤기 흐르는 물소리, 할아버지는 마루 밑에서 녹
슨 연장을 꺼내어 날 세우고, 쓰러진 허수아비도 툭툭
털어 세워 놓는다. 길 건너 사과밭에서 흘러드는 아이들
의 발그레한 웃음소리가 긴 골을 흔들어 깨운다.

　훈훈한 공기에 싸여
저 아래 비늘을 반짝이며 물고기는 오르고
머지않아 돌연 참새떼가 몰려오리라,
영주에서 오는 아들을 앞세우고.

소백산 초원
– 백두대간 1

백두대간을 타고 가다
소백산 정상에서 잠시
쉬었습니다, 온 길을 잃었기
때문인가요? 초원 때문인가요?
정상을 향해 올라온 사람들은
다 올라와서도
넘은 산을 향해 서 있습니다

나는 초원에 가슴을 맞춰 누웠습니다
평지보다 더 낮은 초원
쿵쿵쿵 울려오는 저 소리는 누구의 소리인가요?
초원 위에서 구르는 사람들은 어느덧 하나하나
작은 소년이 되어 나도바람꽃을
둘러싸고 앉습니다
하얀 잎에 숨어 노래할 때마다
소년 속에서 너도바람꽃이 피어나고
구름 그늘 속에 흔들리며 가벼이 뜨고 있습니다

나도 떠오르네요,
1314△1394△1440△1421△

흩어져 있던 봉우리들이
이름을 갖고 한줄기로 모이네요, 도솔봉 연화봉 비로
봉 국망봉
오늘은 마의태자의 국망봉이
비로봉보다 높이 솟아 있네요

백두대간이 국망봉을 굽이굽이 감싸 안고 굽이칩니다.

고요해지는 능선
- 백두대간 2

소백산 초원 바람 타고
북으로 오르던 사람들이
숨 고르던 박달령

갈라진 능선들 흔적 없이 지우는
거제수나무, 물푸레나무
나무 사이로 내려온
햇빛은 그대로 고여 있다,
빛에 잠긴 나무는
새를 꿈꾸는가
새소리 들리는 곳으로 기울어 있다

새와 나무와 빛에 잠겨 고요해지는 능선

(핏내 남기고 간 발자국 디디고
누가 지나갔던 것일까?)

왕등재늪 1

　지리산 끝자락 왕등재, 잘금잘금 흘러나와 몸에 감기
는 물줄기, 원시림까지 내려갔다 올라오는 부드러운 이
탄층, 벌 나비 없어도 늪가에서 두근거리는 산부추

　물소리 끊어진 곳에서 잎 흔들던 바람은
　산등을 넘으면서 새소리를, 날갯짓을
　늪에 새기고 간다, 꽃구름 옆에
　아기 손톱보다 작은 고추잠자리 날고
　더 작은 물방개 뜨고
　도시에서 따라온 큰 그림자 늪을 덮는다

단풍 외 2편

박성훈

단풍이 밀려온다
초소 망원경 속 금강산에서
'자주' 와 '주체' 를 넘어 밀려온다
기관총이 겨냥한
비무장지대 우거진 수풀을 지나
크레모어를 물들인 단풍은
가뿐히 휴전선을 지우고
'평화' 와 '자유' 의 언덕으로 물결친다
물결쳐 탄약고를 뒤덮고
능선 타고 향로봉 레이더기지에 올라
안테나를 휘감은 단풍은
서치라이트 빛에 더욱 붉게 물들어
잠시 소총을 내려놓은
병사들의 가슴을 적신다

아무도 막을 수 없는
핏빛 단풍이 밀려온다

비 오는 신갈나무 숲

굵은 빗방울이 떨어진다
숲이 잠기는 동안
가까스로 텐트를 세운다
젖은 몸 웅크리고 앉은 신갈나무 숲
능선으로 불어오는 바람이
상쾌하다
잎사귀를 구르던 빗방울
뺨에 떨어진다
차갑다

멀리, 벼랑 아래 불빛
그곳의 누군가가 그립다

청옥(靑玉)산으로

오를수록 뭉치는 다리근육,
두타는 가만 내버려두지 않습니다
다리 풀어주고 성큼 걷는
그대 따라 딛습니다
다시 한 발 딛습니다
어느새 두타를 넘어
능선 따라 출렁이며 박달령 오르고

청옥이 보이나요?

앞선 그대 너머 빽빽한 나무,
그 뒤로 청옥 보이지 않고
다시 멈춰 돌아보며
내 발걸음 기다리는 그대,
다리 풀어주던 그 따뜻한 손길 같은
그대 얼굴,
푸른 옥처럼 빛나는
그대 맑은 얼굴,

청옥이 보이나요?

태백산

김홍탁

　안개를 굴리며 잣나무 사이를 오른다. 발밑으로 깔리는 바람, 툭, 툭, 끊어지는 능선, 8부 능선에서 7부 능선으로 나를 버려 놓고 산은 저만치 자라난다.

　유일사 오르는 시커먼 돌 쌓인 길, 숨소리마저 쉭,쉭, 쉿소리를 내는 순간 석회암 밑으로 물소리가 숨는다. 저 음부를 잃은 자연의 화음은 일순간 멈칫, 무얼 감추려 했던 걸까? 사람을 못 믿는 건 자연의 상처일까? 날 아주 버리면 끊어진 물소리가 나를 통해 흐를까? 의문부호만 꼬리를 물고 흐를 뿐, 정상은 멀다. 퉁,퉁,퉁, 크낙새가 둔탁하게 나무를 쪼고 있다.

　휘청, 가파른 산비탈을 돌아섰을 때 확 트이는 시선. 아! 누군가 오고 있다. 활짝 핀 철쭉으로 누군가 오고 있다. 길게 능선을 그리며 나와 한 점으로 솟구치며 정상을 낳는다. 홀로 우뚝 선 곳이 아니라 마주하는 곳마다 피어나는 봉우리, 봉우리! 백두,금강,설악이 줄줄이 내려오고 지리,덕유,황악이 연이어 몰려온다. 그 가운데 산 하나가 불쑥 솟는다. 태백의 봉우리가 막 터지고 있다.

망나니 큰 바위 얼굴

김현격

　여름날 혼자 남덕유 올라 월성 지나서 삿갓재 넘고 무
룡산 넘어 동업령 가는 길 허위허위 무심코 돌다가 한
시 방향 힐끗 보자 깊은 골짝 건너편 능선 큰 바위 얼굴
이 허허 입 쭈욱 벌리고 웃고 있어 놀라 쳐다보니 양 눈
썹 자리에 긴 풀이 드리우고 가늘게 뜬 눈이 길게 째진
바위 금이라 양끝이 넉넉히 올라간 웃는 입 뭉툭한 코
자국 위를 쳐다보면 봉두난발 사내의 얼굴 너부죽한 바
위가 하하하 소리 없는 웃음이 부슬부슬 마른 풀 수염을
타고 골짜기 밑을 훑고 돌아오는 바람에 소름이 돋아 식
은땀 닦고 다시 쳐다보아도 처음이듯 크게 웃는 바위는
미친 머슴아 어디서 본 듯한 저 얼굴은 저 얼굴은 사형
장 칼춤 추다 날 위로 흰 피 막걸리 뿜어대며 미친 듯 웃
던 망나니
　망나니가 어찌 덕유산 종주길 한 중간에 머리칼 휘날
리며 웃는 얼굴로만 산마루에 털썩 얹혔을까 어느 봉우
리 넘어 날아와 꽂혔을까 살피다가 눈 돌려 다시 봐도
파안대소 하하하.

노루목 외 4편

김일영

산에서 내려온 사람들이
마을 사람들을 죽창으로 찔러 죽이는 것을
볏짚더미 속에 숨어서 보았다고
그들은 인간도 아니라고
고개를 가로젓고 마시는 아버지

해가 지면 마을을 조여 오며
버려진 마을길로 몰려다니던
그 무거운 침묵들을 나는
바람이 날카로운 노루목에서 보네

죽창 끝에서 튀던 붉은 피
반야봉 너머로 넘기고
말을 잇지 못하시던 아버지의 기억
노고단 너머로 넘기니
바람도 내려앉네

산에서 내려온 사람들도
마을 사람들도 아버지의 기억도
이제는 백두대간에 스미어

서로의 넋을 위로하는 이정표가 되어야 하네
노루목이 백두로 가는 길을 여네

천제단

골짜기마다 쌓여가는 눈
붓끝이 와 닿기만 기다리는 화폭처럼 깊고
흩어진 기운들이
태백산 천제단으로 모여들고 있다
북쪽 노모의 생사가 궁금한 홍씨
백두에서 한라까지 종주를 꿈꾸는 산악인 조씨
내려놓은 기도들이 제단에 쌓여가고
신년 산제(山祭)를 지내는 산사람들의 제례(祭禮)에
대간 능선이 딸려와
구룡산이 앞서고 함백산이 뒤선다
눈발이 제단에 쌓인 기도들을 덮자
천제단은 포효하듯 바람을 토해낸다
다투어 튀어오른 눈발들이
천제단 주변을 휘돌아 골짜기로 내려가자
대간능선도 출렁이며 선달산을 넘어간다
방송사 헬리콥터가 신년 산행을 취재하기 위해
천제단 상공에 잠시 머무르는 사이
키 작은 나무에 피었던 눈꽃들은
다시 눈이 되어 날리고
제단에 모여있던 바람들이 헬리콥터를 따라

하늘로하늘로 오른다
사람들은 손을 흔들고…

천제단에 하염없이 눈이 내린다

벼랑소나무

백봉령에서 생계령으로 이어지는
능선 한 쪽
벼랑에 뿌리내린 소나무
소나무 주변을 떠나지 않는 잠자리떼 날갯짓 너머
허옇게 파헤쳐진 자병산 석회 채취현장
운해가 흐르는 계곡
트럭엔진소리 아래에서
은방울꽃 열매 익어가고
바위 뚫는 함마드릴소리 옆에서
솔나리꽃잎 벙글고

폭파소리와 함께 사라지는
자병산을 지켜보던 소나무
벼랑을 붙들고 있다

길

절벽에서 능선으로
보이는 것 너머로 길은 계속되리
세상의 모든 살아있는 것들 사이로 길이 나 있듯
깃털 하나 남겨진
수풀 속 작은 새집을 생각한다
떠난 새를 위해
새집을 닮아가는 길
아, 길이 나를 잡아당긴다
가야만 하는 아득한
그 끊기지 않는 이어짐이
나로부터 나를 불러내게 한다
피아골에서부터였을까
백두대간을 따라온 바람이
선자령을 넘어갈 제
지친 새 한 마리 길 속으로 날아들고
맑은 영혼 앞질러 간
오래된 길이 나를
앞으로 나아가게 한다

아침갈이*

까망올챙이떼 꿈을 키우고
꽃잎 다 떨군 산벚꽃나무 산 너머를 기웃거리고
조경분교 운동장에 남겨진 아이들의 재잘거린 소리들이
되돌릴 수 없는 기억처럼 잉잉거리는 아침갈이
아이들 대신 자란 자작나무가지 위에서
나를 지켜보며 연신 고개를 갸웃대던 휘파람새가
못 볼 것을 본 것인 양
다급한 날갯짓으로 날아올라 아침갈이를 물고
더 깊은 계곡으로 숨어버린다

누군가 살다 간 집 한 채
떠난 집주인이 돌아오지 않을 것을 아는
집으로 들어가는 길들이
스스로를 지워가는
인간들의 옛살바리**

나는 숨소리 감추며 아침갈이를 빠져나온다

* 한자어로는 조경동(朝耕洞), 아침에 밭을 갈고 나면 더 이상 갈만한 밭이 없다 하
  여 붙여진 마을 이름. 강원도 인제군 기린면 방동리 소재.
** 본향의 옛말.

백두대간을 찾아서 외 2편

김은영

1

시간을 지우며 안개가 스미고 있다
안개에 떠서 가는 길
지도에 표시한 길도 푹 길이 꺼진다
생계령 녹슨 표지판을 찾아 지도를 펼치는 사이
함몰지대 옥수수밭길을 지나온 산사내가
백두대간을 종주하고 있는지, 언제 출발했는지 묻는다
검은 땀을 흘리며 오늘은 석병산 넘어 삽당령까지 간
단다
비탈로 오르는 그의 젖은 등 따라 높아지는 대간길
벌들이 귓가에 몰려와 윙윙거린다
엉겅퀴 옆의 나도 엉겅퀴?

2

이마에 등(燈)을 걸고 걸을 때마다 숲길이 열린다, 비
바람 수런거리는 숲에 홀려 벼랑길을 타고 가다 텐트를
친다, 백봉령을 베고 눕는다, 신갈나무들은 벼랑으로 나
는 대간길로 뿌리를 내린다, 두 뿌리 허공에 얽혀 흔들

린다

4

자병산을 쓰러다 3을 잃고 헤맨다
안개 속 은은히 폭음만이 울린다
한계령풀꽃, 붉은 뺑대, 백리향 향기도 안개에 숨은
걸까?
모두 트럭에 실려 공장으로 팔려갔을까?
대간길
가슴으로 역류한다

눈빛승마

– 점봉산에서

그대와 함께 가면 좋겠네
마타리 노오랗게 빛을 흩뿌리네
우거진 숲, 잡나무 가지를 살짝 밀면
콸콸 흐르는 계곡물
그대에게 고였던 시간은 물소리에 흘러가네
그늘에 숨어 궁궁이 우리에게 기웃거리겠지
손 내밀까 망설이며 걸으면
고려엉겅퀴, 투구꽃 부끄러운 듯 보라꽃 피겠네
오늘이라면, 몸에 열꽃이 핀 사람이라면
홀로도 괜찮겠네
팔월의 숲 뚫고 눈송이 보얗게 내리네
향기로운 눈 맞겠네

바람부는 대로
휘날리는
눈빛승마

콧노래

당신의 나지막한 콧노래
장전항, 빛나는 풍경을 밀어내며 밀려들어요
두툼한 군복을 입은 당신,
경계근무를 서는 게 아니었어요?
호텔로 돌아가는 길에서 마주치자
벌써 금강산을 내려왔냐고 책망하던 당신
깜짝 놀라 쳐다본 검은 얼굴엔
투명한 웃음이 일렁였지요

당신이 초소 창에 기대어 부르는
그 노래 아리고도 따뜻합니다
햇살, 물결 뒤엉켜 심장에 출렁입니다